岸田芳夫

KISHIDA Yoshio

俳句・俳文集

初燕

文芸社

はしがき

最初の『俳句・俳文集　青すすき』（文芸社）を出版してから、丁度十年になる。一定の評価を頂き、安心した。

今回、第二集を出版したいと考えた。
この十年を振り返ると、激動の十年であった。
平成二十四年から平成二十五年にかけて、小生が代表を務める俳句結社「藤」の幹部作家三名が相次いで亡くなられた。毎月発行する句誌の発行にも、支障が出てくるようになり、句あるいは俳文等のレベルも低下してしまう状況になった。
残された人間で頑張ったが、平成二十五年十二月号をもって終刊とすることとなった。

初巻後四十四年間で、通巻五二八号を誇る、歴史の長さもさることながら、俳句の格調の高さ、俳文のレベルの高さ、編集の技術の高さ等立派な句誌だったと思うが、断腸の思いで終刊とした。

この時以来小生は、平成五年以来参加していた俳句結社「うぐいす」に、専念することになった。現在まで約三十年になるが、多くの主宰、副主宰の方々に面倒を見て頂き、腕を磨いていった。今回収録させて頂いた俳句はほとんど「うぐいす」に発表したものである。

俳文の一部は「藤」から精選したものもあるが、ともかく練磨に次ぐ練磨であった。改めてお礼を申し上げたい。

一つだけエピソードを書き添えたいと思う。

平成二十七年のことであるが、ある企画社からの誘いで、ベルリンで行われた日独文化祭に参加した。絵画、彫刻、書道と併せ詩歌、短歌、俳句等の文芸も参加する企画であった。

ベルリンのシャルロッテンベルク宮殿を借り切って芸術祭という形で行われ、日独両方の作品を展示するというもので、これに参加した。お客様と拙い英語で会話していたら、ドイツの小学校では、短時間ではあるが日本の俳句についても教えている、従って芭蕉とか蕪村は知っている、と聞かされ驚いた。
この企画に参加して良かったと思ったことであった。

俳句・俳文集

初燕　目次

俳文編

俳句・俳文集

初燕

俳句編

平成二十五年

初春

初詣献灯の灯の有難く

初祓巫女に甘酒振舞われ

初電話孫それぞれの御慶かな

函嶺洞門を若さが走る今朝の春
箱根駅伝

早春

友が逝き師が逝き春は立ちにけり

風光る明石大橋長々と

春光や木々の影にも潤み見ゆ

早春や肩の力が緩みくる

臥龍梅

三月や眼鏡はずして広き見る

臥龍梅裂け右左春の中

馬酔木咲く斗翁の墓を憶いけり

ざらざらと千の命や欅の芽

春の夢苦しき仕事未だ続く

初夏

葉の裏も光り輝き風薫る

何もかも輝いていて花水木

チューリップ幼稚園児の如く咲き

父二十七回忌

麦秋を北へと走る父回忌

武州に入り残雪の山見えてきし

薫風の通う本堂経盛る

黐の花咲ける寺苑に別れ告げ

精進落とし孫も旨いという鰻

夏祭

面あまた並べし爺も夏祭

金魚掬いでこれと名指しで買う女

山車に立つ少年凛と笛を吹く

欅青葉強剪定に怒髪かな

ナイター

突堤を突っ切るヨットの速さかな

防波堤に赤い日焼けと釣竿と

明易し野天風呂より山を見る

ナイターを見つつ晩酌親譲り

涼風や出口調査も心地よく

戦死した叔父を偲んで

遺骨未だ帰還果たさず敗戦忌

戦病死とはいかなるものか菊の花

重くありし叔父のサーベル夏の夢

早稲田での青春如何に敗戦忌

此の世にて不満言うまじ敗戦忌

台風

碧天に羽衣の飛ぶ台風過

台風来巌に嚙み付く波頭

マンションを真っ赤に染めて台風去ぬ

秋

水切りや水面の秋は散り散りに

天高し球蹴りを競る親子かな

土瓶蒸し北の新地を忘れ得ず

雪催

花芙蓉はるかかなたにダイアナ妃

櫓田に動かぬ鷺の一羽かな

雪催い握りしめたきものの欲し

波の花

義捐金送り師走の人となる

コーヒーの苦きを飲みて師走かな

朝市に吹き込んで来る波の花

ガス燈のその先にある冬の月

平成二十六年

正月

大漁旗正正と立つ今朝の春

孫達のタッチの力御慶かな

突堤に釣り人一人お正月

三日過ぎ酒買いに出る只の顔

待春

深雪晴「みなとみらい」の空の蒼

春の雪あなどるなかれこの深さ

欅道霧氷の道となりにけり

風光るえいと飛び越す胸の枷

三月

春場所や斗翁見えぬか枡席に

いかなごのくぎ煮が届く神戸より

顔で受ける冷たき風や早春賦

悼東日本大震災

日常が戻らぬ春や三たび来る

花

轟々と音立てて流る花吹雪

篝火や花片しきり降り続く

花盛り厩舎小さく囲まれて

池田

花の雲そこここに置く五月山

秩父

大いなる新緑の中知知夫国（ちちぶこく）

新緑に志功の神と会いにけり

清流に鮎の魚影か川下り

赤壁に滴りのあり船奔る

新緑に喰い入る如し岩畳

弘明寺（ぐみょうじ）

急磴を喘ぎのぼりて梅雨の寺

千年の歴史を語る楠若葉

ポロシャツの男も座る読経会

台風

台風一過B29の空の青

一本の電話で生きる酷暑かな

ランチにはゼリーも加え満足す

歯科を出て凌霄の花強すぎる

終戦日

疎開地で祖母と二人の終戦日

村人と酷暑に耐えて聞くラジオ

敗戦と分からず走る青田道

人ト気なく只々あるは蟬時雨

秋

秋高し弥生時代の古墳見る

産土へ秋を求めて四千歩

拍手のよく響く日や秋日和

叔母からの人形届く稲穂抱き

金木犀

鵙高音寺の大樹は塒らし

黄葉する落葉松痩せし哲学者

台風一過窮みの色を見せる空

ふるさとは刈田の中の小さき駅

紅葉

紅葉や見返り阿弥陀懐かしく

紅葉は真如堂見て帰るべし

紅葉哭くここに命の果てるとて

散る紅葉バギー車の児の旨寝かな

冬至

句を詠みし部屋の奥まで冬至かな

冬の月三日月なれど力あり

落葉して更に彩ます銀杏かな

波の花海荒れの中天へ飛ぶ

柚の皮削り粥食う夜更けかな

平成二十七年

細雪

高山で出会いしは夢細雪

寒鰤や富山の味を忘れえず

寒蜆宍道湖産とありて買う

人形（ひとがた）の行く先いずこ春立つ日

蕗の薹

ゆるゆると歩むが自然春日和

蓬摘み母の墓前に供えけり

母の歳在れば百二や春の月

山茱萸の彩りさやか東慶寺

桜の芽膨らんできて三・一一

馬酔木咲く

馬酔木咲き斗翁の忌日憶いけり

末黒野や昔のままの古戦場

角ぐみし蘆や遥かに比良比叡

埼玉（さきたま）古墳群

古墳なる花の盛りや妃はいずこ

鉄剣の主はいずこ花の塚

塚にある一本桜狼煙とも

天も地も純白となる花吹雪

花片は天の国へと吹き上る

児の作る埴輪生き生き花の冷え

葵祭

暴れ馬大路を乱す賀茂祭

藤の花牛車の軒に揺れており

母校訪えば頭を叩く青時雨

揚雲雀明日香の里にこだませり

舞妓も来て三社祭は盛りなり

六月

摩文仁に立つ沖縄戦の終りし日

司令部壕牛島中将自決跡

二十四万人平和の礎に刻まれし

ひめゆりの塔沖縄師範の女学生嗚呼

クルーズ船大きく揺らす卯波かな

古代蓮

古代蓮いつの命を継ぎおるや

緑陰に新聞をよむ研師かな

大道にホットパンツの時が来た

梅雨晴間銀輪殊に光りけり

御巣鷹の尾根

三十回忌友乗るジャンボ堕ちてより

青胡桃未だ果たせぬ志

「一日一日」力士に学ぶ酷暑かな

雲の峰校歌に薫る明治かな

凌霄花や守札の門の辺に咲けり

首のなき聖像飾る長崎忌

「ベルリン文化交流会」に出席して

ベルリンは黄葉の樹に彩られ

時雨来てベルリン闇に沈みけり

秋天や「壁」のアートの鮮やかさ

秋酒場「流し」の曲に唱和する

女子大生と筆談交す秋深く

八十路

初秋刀魚小骨も味と思いつつ

福島より証紙と届く今年米

八十路なり覚悟もなしに小春の日

べったら市は江戸の香りや小伝馬町

敗蓮

風強し鬩の声かと芒原

敗蓮の間（あわい）に映る空の色

初鴨の羽博きにある光かな

菊花展厚物咲に咎見えず

隊組んで時に崩れて雁渡る

年の瀬

怨念か隠岐に轟く寒怒濤

演奏者の礼深々とクリスマス

父母の墓赤城颪に耐えられよ

年の瀬や地下街に人活きており

煤逃げや加山雄三聴きに行く

平成二十八年

実南天

凍裂や眠れずに聞く山の音

鰤起し能登はおそらくあの辺り

八雲邸四日も続く吹雪かな

上州を越え父祖の地に吹く空っ風

寒紅や日頃の妻の色でなく

初春

初燕光る川面を掠め飛ぶ

鳥帰る眼に痛き程青き空

老夫婦風を相手に和布干す

牡丹雪振返らずに別れけり

花

行く親子点景となり花の雲

見下ろせば渓に咲きおる余花二三

老人がバスに這い乗る聖五月

学生の細見のズボン風薫る

春

春到来と焔が立てり大地より

閼伽井屋（あかいや）に水音走るお水取り

雪解川越中奔る速さかな

春なれや小唄の会の誘い来る

大阪行

関ヶ原麦秋の中突っ走る

植田かな武将はいずこ関ヶ原

緑濃き伊吹を望むN700

夏まとう伊吹見えれば一時間

古代蓮

父祖の地や見渡す限り古代蓮

山法師箱根の渓に咲き喚く

父の日や煙草と酒と漱石と

図書館に風待月の風わたる

岬に立つや白南風と衝突す

緑陰

人生の緑陰にまだ到らざる

西瓜食む塩の甘さを味わいつ

生ビール今日一日の苦を流す

盆提灯青き灯に誘わる

原爆忌

ネックレスエイヤと外す酷暑かな

手をついて登る石段敗戦忌

晩翠の校歌流るる夏の空

北海高校準優勝

秋澄めり

マイカップ茶渋を磨く秋初め

秋澄めり弓道場の弓の音

源義忌吉野の郷を訪ねたし　小生吉野出自

馬車道に秋燈早もともりけり

鵙高音

寡黙なればずんずん進む松手入れ

月光の中の古寺ばったんこ

県庁の赤煉瓦古り銀杏散る

福島より新米の荷の届きけり

産土神奉納歌舞伎

小春日や奉納歌舞伎華やぎて

小春日や桜道にも陽が溢れ

神の旅出雲の宿は賑わいし

去年今年

土瓶蒸し北の新地を忘れえず

牡丹鍋作る女の粋を食う

頂きし柚餅子味わう傘寿かな

銀座にてへそパンを買う師走かな

木村屋

平成二十九年

御慶

初御空時の過ぎ行く音もせず

産土の玉砂利に充つ淑気かな

拳骨でタッチを交わす御慶かな

漁始ずらり並びし大漁旗

火の中の焔が盛るどんど焼き

実朝忌

実朝忌歌碑に溢るる無念見ゆ

犬ふぐり飛鳥の里の里らしさ

風の来て勢を合わせる野焼きかな

光悦忌透かし垣なる雅かな

大石忌

天を見よ鈴懸の花天の中

茜色の下天に昇る春の月

はち切れんばかりのパンツ新社員

迸る流れの畔(ほとり)雪柳

祇園の灯いよいよ暗き大石忌

花

雁風呂やシベリア遠し心せよ

港の見える丘公園二句

存えばこその桜と霧笛橋

芸亭(うんてい)の茶房で飲む茶花盛り

墨堤を訪ね歩きぬ梅若忌

卯波

全速の舳先にし吹く卯波かな

紫が遠目にもよし桐の花

韮の花音も立てずに咲きにけり

賀茂葵都に威信戻しけり

山滴る

青蘆を漕ぎ分け出でて比良比叡

ハーバーを疾風(はやて)の如く往くヨット

チューリップ春が壊れてゆくところ

山滴る奥千本の静寂(しじま)かな

青鬼灯

青鬼灯下げし少女や愛宕山

川べりは人人人やどんどこ舟

一日を頑張らんとて西瓜食う

頂はまだまだ先や草いきれ

山道で一息いれて栗の花

敗戦忌

叔父の骨未だ還らず敗戦忌

祖母の言「敗けたらしい」と敗戦忌

春日万燈籠先祖いずこに在すやら

ジャンボ機に友は逝きたり盆の入り

吉田の火祭

火祭や富士へと続く道燃える

椋鳥や塒探しは果てもなく

芙蓉咲くダイアナ逝きて二十年

風の盆遥かな世から聞こえ来る

妻入院

木犀の香の中妻は入院す

手術終え木犀の香と戻り来ぬ

見舞いとて栗ひと箱の届きけり

桃青忌

小春日や家系図作り始めるか

博多場所（白鵬に勝利）「遠藤」に見る男さび

生涯の苦楽となりぬ桃青忌

産土は幟ばかりや七五三

モンマルトル

冬堅しモンマルトルの石畳
名刹に悟る足裏の冷たさよ
良き年はポインセチアで終いかな

平成三十年

お正月

ＡＫＢを孫と合唱お正月

「技術士」を取るという孫賀客なる

初詣獅子と若さを競いけり

平昌五輪

スケートや金銀とりし羽生・宇野

スケートを終えて「ただ今」羽生かな

バラードに舞たる羽生生きている

「終わったぞ一杯やらずば」納税期

ミモザ

ミモザ咲く天の青さを刺しており

携帯が鳴りて孫より合格と

波頭てらと光りて春の海

根岸競馬場跡

花の雲馬(うま)見(み)の塔が覗き見え

母と児のキャッチボールや花吹雪

幼児が素足で登る花の道

西の空拝む人あり花の宴

ネモフィラ

ひたち海浜公園

ネモフィラは天への途に咲いてをり

夏浅し坂東太郎の男ぶり

両国に幟が立ちて夏は来ぬ

繭の世話

美智子皇后のこれが最後の繭の世話

「団十郎」ずらり並びし朝顔市

朝顔を見つつ行き着く鬼子母神

愛宕山青鬼灯を下げ帰る

鮒鮓や遥かに望む竹生島

蓼科高原

目の上に青田が茂る信州路

夕立去り木道のみが水に浮く

蓼科に咲きても母の鉄線花

甲子園

炎帝が勝ち負け裁く甲子園

八対八素知らぬ顔の赤とんぼ

夏帽が五万八千甲子園

キンキンと音をたておる生ビール

朝食の西瓜一切れ妻の知恵

新米

福島より新米出来たとメール来る

鬼貫忌摂津の根性しかと見ゆ

秋蔭や走り根荒き鞍馬山

潮焼け

枯葉とて潮焼けの色散り続く

去来忌や大根畑の中に立つ

彰義隊時代祭の笛を吹く

子集め跡継ぎ会議万年青の実

冬構

覚悟見ゆ出雲の国の冬構

石蕗の花大島見ゆる浜に咲く

義仲寺は質素でありし桃青忌

穭田は大和の国のさびであり

春星忌

天も地も黄金一色名の木散る

六甲の果ての句碑見る春星忌

殊更に背ナを丸めて年の市

深夜便うつらうつらと霜の声

令和元年

年賀

丈高き孫の年賀やハイタッチ

初富士や駅伝が行く松並木

読み返し味わい知れる年賀状

探梅行

探梅行横笛庵の一人の茶

逝く時を確ととどめる枯欅

春節や横浜に住み半世紀

東京が焼ける三月十日の夜

春

春は未だ名のみの庭の土佐水木

朝香宮邸のアールデコとて春の中

若鮎を再会約し放ちけり

蕗の薹母直伝の味噌の味

墨堤

ケーブルカーに鶯声届く身延山

墨堤は形のままの花盛り

桜餅美あり味あり俳句あり

転(まろ)びては又立つ童青き踏む

花筏流れの数は数え得ず

マロニエ

マロニエややはりパリの色かたち

風薫る戦の跡の無き上野

新緑や上野の山の大道芸

三社祭芸者の乗りし山車も行く

母植えし鉄線の咲く十回忌

明易し

県警の吹奏楽や薫風裡

信濃なる田毎の月の植田かな

植田映す馬子（うまこ）の影は彩豊か

箱根うつぎ

静寂の湯島聖堂木下闇

鬼灯を四万六千日の幸と買う

近く見よ箱根うつぎを見る時は

サルビヤや父が毎年植えし花

精霊舟

精霊舟別れの間(ま)なく離れけり

「千羽鶴」なる唄も悲しき長崎忌

子も孫も勢揃いする盂蘭盆会

時報音の大きな響き敗戦忌

子規忌

血を吐いて俳句を吐いて今日子規忌

写生とは如何なる物か獺祭忌

菊投げよ痰のつまりし仏かな

好きな物は野球と鰻そしてりつ

神楽坂

お忍び（かくれんぼ横丁）をふと見失う秋の宵

遊郭を石畳にみる秋の色

秋気（外濠）澄む皆で語らんカナルカフェ

「矢来」なる能楽堂に爽気あり

逍遙の遊びし廓秋深し

立冬

立冬や下弦の月は地に触るる

鈴(りん)の音長き尾を引く夜寒かな

文化祭幼児の吟ず武田節

相続のことも決まりて栗の飯

花八つ手

漱石忌父の遺愛の赤表紙

花八つ手木魚の響き遥かより

大根炊湯気の中にも陽の光

雑炊を焚きし女の手の白し

令和二年

ウィーンフィル・ニューイヤーコンサート

新春のウィーンの香り届きけり

ウィーンよりワルツの響きお正月

天井の天使の笑みやニューイヤー

王侯も貴族も居るや今朝の春

年明ける穏やかに往くドナウ河

楽友協会揃う拍手や御代の春

立子の忌

光満つ道端にある犬ふぐり

立春や源流の山脈々と

立子の忌鎌倉山の風荒く

三渓園たらたらたらとある春の泥

鎌倉の茶会や今日は利休の忌

実朝忌

実朝忌人なき夜半の段葛

ハチローが豊かに詠う「雛祭」

時未だ来ずと動かぬ木の芽かな

青春の自転車五台四月かな

讃美歌

讃美歌を聴きつ見上げる春の星

満ち満ちてあふるる光春の月

「御意黄」は造幣局や遥かなり

「六段」は母の十八番や花吹雪

ウェストン祭

上高地ウェストン祭粛（しず）かなり

鮎光る堰越えられぬ五六匹

夏雲や石舞台に我一人

青梅や質感なるを手の平に

ほととぎすの声透き通る葉山かな

苔の花

沖縄の慰霊の日なり摩文仁の碑

凌霄や首里城へ行く上り坂

忘れ得ぬ永平寺なり苔の花

冷素麺素朴な味は母の味

御巣鷹山

御巣鷹の炎天の下友祀る

客の無き甲子園なり夏の空

白マスク親子なるらし木下闇

西瓜切れ厚めに切れよ力入れ

卯浪

江ノ島の断崖鳴らす卯浪かな

桐の花車窓に見れば越後入り

小諸城址に草笛が鳴る空耳か

茅の輪くぐり安寧祈る一歩二歩

文藝春秋

床に置く「文藝春秋」酷暑かな

考えて行きて考え蟻の行

武州ゆく青田の風は柔らかし

衰えの未だ見えざる百日紅

秋彼岸

ズームにてバリトンを聴く秋の夜

柿膾先ず仏壇に供えけり

「翔猿」や贔屓のありて大相撲

千代女見し十六夜の月艶っぽく

柿膾

柿膾三代続く母の味

穭田や直角好きの父は亡く

落葉松は姿勢正しく黄葉す

墓石の色様々に秋日和

翁忌

寺町に一つ残りし木守柿

破蓮や閻魔おらぬかその辺に

翁忌や義仲寺の空広々と

雪囲い目の前にある日本海

令和三年

波の華

波の華岩壁の彩隠しけり

歳末や「中村医師」を追悼す

煤逃げや青春句集読んでいる

大漁旗勢揃いしてお正月

御慶なりズームで交わす孫の顔

春日万灯籠

風花や六甲からの風に乗り

高山の品格を見る細雪

独り旅高山を行き氷柱折る

マンドリン背に負う少女春隣

春日野を行けば万灯ともり初む

律呂和す三千院の春立つ日

春の月

春の月埠頭の巨船煌めけり

狛犬の阿吽の相や名残り雪

犬ふぐり明日香の里の道端に

比良八荒湖の猛りは収まらず

山高神代桜

神代桜花は見ずとも幹拝め

土佐水木芽吹きの様は神の業

雁風呂や津軽海峡荒れ止まず

黒蝶に纏い付かれし闌ける中

桜餅

桜餅長命寺とて一つ買う

義士祭や泉岳寺への上り坂

花篝京には京の風が吹く

新緑が額に触れる欅道

路傍にて妻鈴蘭に膝をつく

青柿

青柿や墳墓の土地の空広し

十薬は暗き青春偲ぶ草

欅道奥の奥まで木下闇

京雅び三船祭に遊びけり

水鏡に影をおとせり藤の花

沖縄慰霊の日

梧桐や木陰に憩う母と子と

沖縄慰霊の日摩文仁の丘に登るべし

七夕や宇宙飛行士望む子も

行田蓮遠くにおぼろ人の影

花芙蓉

青鬼灯愛宕神社で買い求む

花芙蓉ダイアナ妃の事故思い出す

コールコーヒーや今日一日は頑張れる

先行くなそこは田圃ぞ蛍狩

鎌倉

実朝の和歌は雄渾秋の海

小町通りの甘味一服秋うらら

漱石の参禅想う秋時雨

段葛政子居らんか十六夜

静の舞無くとも哀れ小春かな

八幡宮子らの彩り七五三

実朝は矢倉に眠る秋深く

秋日和ここに眠るか高見順

紅葉散る化粧坂なり独り行く

名月

名月や妻と眺める久のこと

獺祭忌血を吐くほどの句は出来ず

鬼貫忌伊丹に住みて顔を見ず

たまゆらの逢ひ

置き舟かはた捨て舟か秋の磯

新米や今年で終わりと文があり

柚子二つ頂戴物や絞り切る

牧閉ざす隠岐の草原音も無し

百舌の声

四阿（あずまや）の四方に届く百舌の声

鯔（ぼら）の飛ぶ独りの浜の広さかな

木守柿寺町の空寂しくて

下り梁川音峪に恐ろしく
後の月東天覆い上り来る

きぼう
「きぼう」見る暮秋の天の光かな
日々増せるコロナ患者や神の留守

鰤起し日本海の広さかな

職人が注連縄を撚る二百キロ

芸術家欅紅葉に居るらしく

万華鏡見ていて辺り小春かな

令和四年

ニューイヤーコンサート

ウィーンより「朝刊」届く淑気かな

弓始少女射し矢の速さかな

雪嶺に逆巻く雲や初山河

初夢や父母の合奏「春の海」

船起し大漁旗の色さやか

雪催い

雪催い日本海の涯知らず

花八つ手八雲旧邸思わるる

小春日やこれが最後と文を書く

芭蕉忌や翁倒れし御堂筋

花御堂

青柳や水面の影にある潤み

花御堂明日を信じて注ぎけり

馬酔木咲く斗翁の墓と言わずとも

花吹雪天へ天へと吹き上がる

鴛鴦

鴛鴦の二羽の並走水脈残す

波の花出船の影を隠しけり

丹波から風花届く北新地

千枚漬洛北の味腹にしむ

寒念仏僧の一念一列に

梅若忌

梅若忌狂いし母の立ちし岸

源流を訪ね来たりて芹一草

お水取り降りくる火の粉豊かなり

剪定や大枝とても容赦なく

添水

下駄響く添水の音を伴いて

銀杏散るこれが最後の同窓会

特別作品

墳墓の地

麦秋を走り来たりて墳墓の地

さきたまと銘打つ公園夏燕

古墳群七つ八つと夏の空

古代蓮夏の夜明けを告げにけり

国宝の鉄剣を見む五月晴

父祖の墓樫の大樹の緑陰に

寺町のそここに咲く柿の花

墓石に寄り添ひ茂る青すすき

忍城や昔を今に松落葉

行田なる米の産地よああ青田

俳文編

【エッセイ】

日独文化交流事業に参加して

平成二十七年九月十三日から十五日までの三日間、ベルリンのシャルロッテンブルク宮殿で行われた日本とドイツの芸術交流の会に出席した。

主催はクリエイト・アイエムエス株式会社、後援はベルリン独日協会である。内容は絵画、書道、俳句、詩等を展示し、ドイツ国民に日本文化を楽しんでもらうこと、会場でミニコンサートを開き、日本、ドイツの音楽にしたしむこと、最後の日の夜、レストランでドイツと日本の芸術家が食事をしながら懇談をすること等である。

先ず出品作品のことであるが、アイエムエス社がどのような方法で選択をしたのかはわからないが、これはと思う画家、書家、俳人、詩人と交渉し出品者を決定した。作品数は約四百点、作家数で言うと約百名くらいか。この中の作家のひとりひとりに、ベルリンへ行くか、行かないか聞いて来た。小生は参加したが、実際旅行に参加したのは十六名であった。女性十名、男性六名、年令は四十才代から八十四才までで、多士済々で、シングルもいれば、夫婦、友人同士等色々であった。しかし全員がこの文化交流の為という一つの目的を共有していた為に、家族旅行の様な打ちとけた楽しい旅行であった。

出品作品はやはり絵画が一番多く洋画、日本画、墨絵等が人気を集めていたようである。しかしびっくりしたのは、ベルリンの小学校では俳句の時間というのがあるそうで、多くのドイツ人に「ハイク」で通用したことである。

しかし興味は花の句よりも終戦忌の句の方へ向かい、「自分は祖父母を第一次世界大戦で失い、両親を第二次世界大戦で失った。戦争はどんなことがあってもやってはいけない」と話す老人もいたりして、日本とドイツの交流の一端を感じることができた。

ミニコンサートはドイツ人のデュエット、ドイツに留学している日本人のデュエット、日本人のピアノソロ等素晴らしかった。日本人女性二人の「花」(春のうららの隅田川……)のデュエットには心打たれた。

三日目の夜のシャルロッテンブルク宮殿の近所での宴会は楽しかった。六人テーブルに日本人三人、ドイツ人三人が座り飲み、食べ(しゃべる方はうまく行かなかったが)、筆談になったり、時には絵をかいて説明したり、それはそれで楽しかった。

最後にはドイツ芸術家が描いた絵画を我々に一枚ずつプレゼントしてくれて本当に感謝の夜だった。観光もして来たが、残念ながら、余白がなくなった。

(「うぐいす」平成二十七年十二月号より)

俳句への接し方（I）

俳句というと、老人の辛気臭い趣味で読む気もしないという人が多いと思う。しかし、中には若干興味はあるが難しくて読んでもよくわからないという人もいると思う。

そこで、ここでは俳句への接し方を述べてみたいと思う。

一．俳句は作者と読者の共同作業で作り上げるもの。

母の日やハヤシライスの飯光る　芳夫

この句を読んで、読者の頭に浮かぶ情景は亡くなったお母様のことだろうか、ハヤシライスも昔、お母様と一緒に食べたものだろうか、それとも奥様が作った目の前にあるハヤシライスだろうか。読者の皆さんはどのように思われるだろうか。

これをどう選択するかは読者の自由なのである。一番気持ちが落ちつく情景を思い浮かべ、ドーパミンも沢山出て気持ちがよくなれば良いのである。

従って、小生が書いた十七文字は半分しか表現できていないのである。後の半分は読者のあなたが、いかに肉付けして良い気持ちにひたれるかを決めるのである。従って俳句を読む時は四、五度読み返してみて、色々な情景を思い浮かべることが必要なのである。

以上の文章は今年の大学のクラス会に近況と一緒に出したものである。目からうろこが落ちたとの感想を貰った。

（「藤」平成二十五年十月号より）

俳句への接し方（Ⅱ）

二．俳句の切れ

ヨーヨーの上がり下がりや春の行く　芳夫

この句を一度読んだだけで意味がわかるだろうか。多分ヨーヨーの上り下りと春が行くの二つに、どのような関連があるのかがわからないと思う。

俳句鑑賞の大事なことに「キレ」というものがある。

つまり、この俳句は「や」の所で一度切って読まないといけないのであって、二つの別のことを述べているのである。

しかし、全く関係の無いことを言っているのではない。「ヨーヨーの上り下り」を数回読んで頭の中をヨーヨーで一杯にしてから「春の行く」へ移って行けば、この二つの事柄が得も言われぬ雰囲気で繋がっていることがわかると思うのである。この得も言われぬ雰囲気がわかった時にドーパミンが湧き出してきて快感にひたることができるのである。

従って、俳句を読んでわからない時は、「切れ」を探してそこで一度切って読んでみてほしい。そうすればきっとすんなりと納得できると思う。

（「藤」平成二十五年十一月号より）

俳句という器

三・一一の衝撃は本当に大きかった。津波の映像を見て本当に度胆を抜かれた。その上に原発の事故である。日本の将来はどうにかなってしまうと本気で心配した。

わずかでも役に立ちたいと、郵便局へ走り、義捐金を送った。阪神・淡路大震災も経験したが全く比較にならない程恐ろしかった。

そして驚いたのは長谷川櫂氏が三・一一の事象を五・七・五では表現できないとして短歌を続々と発表し続けたことである。

確かに連日テレビの映像に映る現象は俳句では読み切れないとは思った。しかし東北の俳人達は次のような句を詠んだ。

逝きし子の花飾りある夏帽子　佐々木　妙

大津波ありし春田に船据わる　美喜子

震災から一年経て長谷川櫂氏は震災句集を出した。しかし俳句の器に比べ大きなことを詠み過ぎていて、小生には感心する句はなかった。

先日、東京電力福島第一原子力発電所所長の吉田昌郎（まさお）所長が亡くなられて、読売新聞の「編集手帳」に、長谷川櫂氏の句が紹介された。

山哭（な）くといふ季語よあれ原発忌　長谷川　櫂

「原発忌」という季語を新たに作られたとある。はっきりいって従来の俳句の枠からはみだしている。これを良しとするか、否とするか、皆様も考えてみてほしい。

（「藤」平成二十五年八月号より）

俳句の虚

四ヶ月程前に現代俳句協会の会長に就任された宮坂静生氏は、長年信州の地で句作を続け、地貌俳句を主張されてきたが今、改めて「それぞれの人が、自分の住む地域に根差した形で詠うことが大事だ」と主張しておられる。

しかし、我々のように東京、横浜、埼玉等のしかも街の中に住んでいると、信州と違ってあまり句になるような材料が多くないと思う。

更に宮坂氏は「日常だけでなく、あらゆる命を詠うべき」と強調しておられる。この言葉の意味は色々に解釈できる。

小生の解釈を述べてみる。

俳句で日常だけのことを詠み続けると範囲が狭い分、行きづまってしまう。結局、表現に工夫をこらし、新鮮味を出して行く他なくなるが、これにも限界がある。

そこで、宮坂氏の「あらゆる命を詠うべき」という表現を一旦脇に置いて見てみると、「詠う範囲を拡げなさい。手法をかえてみなさい」等色々出てくる。もう少し具体的に伝えば、見ているものを詠うのではなく、それからの連想を詠う、あるいは歳時記を見て、自分の過去の想い出、家族の想い出等時間をさかのぼることも良いと思われる。

あるいは著名作家の句集を眺めて、連想、空想に想いをめぐらすのもよいかも知れない。

フィクションでも上手に句にすれば一向に構わないと思うのである。勿論フィクションであることを見透かされる句であってはならないことは当然のことである。

（「藤」平成二十四年八月号より）

俳句甲子園

小生は俳句結社「知音」（主宰は行方克己氏及び西村和子氏）の編集長であるT氏と交友関係にあり、毎月、句誌の交換を続けている。

知音誌十二月号に俳句甲子園のことが詳しく紹介されているので、昨年九月号でも紹介したが、何点か追加したいことがあるので、再度紹介することをお許し願いたい。

先ず一点目は、西村和子氏が俳句甲子園の審査委員を務められたそうだが、西村氏が「俳句大会は全国で数あれど、これほど汗と涙を流す大会はない」と述べておられることである。

小生はそれ程多くの俳句大会に出ている訳ではないが、テレビで観戦しても、その若さと熱意は相当なものだということはわかる。

二点目は審査委員長の有馬朗人氏が挨拶で述べておられるのだが「自らを甘やかすことなく、正々堂々とした作家ぶりをもって、良い俳句を論じ合ってほしい」と述べておられることである。この俳句甲子園の採点のルールは俳句そのものの評価が十点満点、ディベートの回答の善し悪しが三点満点、合計十三点満点の評価で競うのである。

従って相手チームからの指摘事項に対する返答がお疎末だと、ディベート点の三点はもらえないのである。それだけ、討論に重きを置いた採点法になっているのである。

三点目は優勝を決めた句「**背景のなき向日葵や爆心地**」に対して、「どんな向日葵を描いているのかわからない。考え直して欲しい」と突っ込まれ、「ヒ、ロ、シ、マ、の繁栄が消え、当時の更地が現れた」と回答した。

やはり小生の思った通り想像の句だったのだ。それでも評価され優勝した。納得することができた。

（「藤」平成二十五年一月号より）

自句自説

小生は俳句を始めてから約三十五年になる。「藤」「うぐいす」「同人」とお世話になって来た。しかしひと時として切れることなく続いて来たということは、それなりに面白かったということだったと思う。素晴らしい佳句に接した時は本当に嬉しい気持ちになる。しかし類想句が多く、がっかりすることも事実だ。

六年程前に、文芸社から電話があり「国会図書館で貴殿の俳句を読んだ。大変面白かった。費用の相談にのるから出版しないか。本は全国の主立った書店に置く。考えて欲しい」と言って来た。小生も自費出版を考えていたので、この話に乗った。そして『青すすき』として出版された。そこそこの売れ行きとなり、小生としては自信になった。

小生が最初から心がけていることは、
・類想句の無い、新鮮な句を作りたい
・誰にでもわかる平易な句を作りたい
この二点である。このことが前回の出版である程度、成功した理由ではないかと考えている。今もこの考えを貫いている。

以下に三句列記して小生の信条を解説してみたい。

皇后のこれが最後の繭の世話　芳夫

美智子皇后の所作は本当に美しい。日本人の誇りだと思っている。今年退位されるそうだが残念だ。この句の狙いは、繭の世話という日本の伝統を通して美智子皇后の美しさを詠いたかったのだ。内容に新しさを狙った。

夏帽が五万八千甲子園　芳夫

去年の夏の高校野球は非常に面白かった。逆転又逆転、ホームランの続出等、本当に堪能できた。毎日、テレビを見ながら俳句にならないかと考えていた。その時頭に浮かんだのが、掲句である。これは内容としては陳腐かも知れない。内容がありきたりの時は表現を新鮮なものにすれば良い。「内容」か「表現」いずれかを新鮮なものにする。これが小生の信条である。

牧閉ざし隠岐は小さな島となる　芳夫

これは十年程前に、隠岐に旅行した時のことを思い出して作った句である。隠岐は大きな島である。夏は牛、馬を広大な山に放牧している。秋になりこの牛馬を里に下ろすと観光客も少なくなり静かになる。「小さな島」は文芸的表現である。

（「うぐいす」令和元年二月号より）

英語ハイクについて

先日、高校の同窓会があった。その際の卓話として、「英語ハイクの形式のいろいろ」という題の話があった。

講師は星野恒彦氏で、師は俳誌「貂(てん)」の代表であり、現在、俳人協会常務理事、国際俳句交流協会副会長、早稲田大学名誉教授(英米詩)とのことである。

席上、紹介された欧米で作られたハイクの例を後のページに掲載するので、御一読願いたい。

とにかく現在、諸外国でハイクは大変なブームなのだそうだ。虫一匹を見ただけで詩が作れる簡潔さが、大衆に受けて大流行になったということだそうだ。

三月二十二日付の読売新聞「時代の証言者金子兜太」によれば、欧米だけでハイクを作る人は百万人を超すと言われているそうで、ともかく大変な数になるらしい。

ところが、日本の俳句はこれだけ約束事の厳しい文芸であるにもかかわらず、世界各地で行なわれているハイクは約束事が全くないらしいのである。(茂木健一郎・黛まどか共著『俳句脳』より)。本の中で黛まどか氏は世界共通のルールを作るとしたら「切れ」だと思うと言っておられる。国によって季節や気候が異なるから季語を世界共通のルールにするのは難しいだろう。五七五の定型をルールにすることも難しい。従って最小限「切れ」をルール化し俳句の独自性にしたらどうかと提言しておられる。

皆様、例として示したハイクを読まれた感想は如何なものであろうか。小生の感想と意見とを下記に記してみたい。

内容的には初歩的ではあっても何らかの詩情を示しているのではないだろうか。例えば「枝一本滝を落ちゆく入日かな」、「雨の前の風鈴――雨の後の風鈴」などは日本の俳句のレベルと言ってもよいのではないだろうか。

しかし小生は季語が欲しいという思いにかられるのである。目的は二つある。一つは季語のもつ多重性がないと、俳句は表現されたもの以上にはなり得ず、平板なものになってしまう。例えば「春の月」と言った時、読者に想像させる二層目、三層目がどうしても必要だと思うのである。

もう一つの目的は多くの人がハイクを作って行った時、これを集大成した本にする時、何をインデックスとして本にするのだろう。やはり季語を整理して、これをインデックスとして集大成しないと、いつまでも作品の集大成は出来ないのではないだろうか。勿論、国により別のものになるだろうし、四季に分けられない国もあるだろう。それはそれぞれの国の考え方に委ねたら良いと思う。

ハイク発展の為に、各国に歳時記が出来ることを切望したい。

（「藤」平成二十一年四月号より）

英語ハイクの形式のいろいろ

一行形式

・a stick goes over the falls at sunset
枝一本滝を落ちゆく入日かな
Cor van den Heuvel 作

・dusk from rock to rock a waterthrush
夕暮　岩から岩へ河烏
John Wills 作

二行形式

・Walking with the river
川といっしょに歩く
the water does my thinking
流れが思考をすすめる
Bob Boldman 作

・on the teacher's apple ——
先生の林檎に——
Small teeth marks
小さな歯形
Frank Dullaghann 作

三行形式

・lily:
睡蓮：
out of the water ——
水の中から——
out of itself
それ自身から
Nicholas Virgilio 作

・A rainy day ——
雨の日や
even the toiletpaper
トイレットペーパーも
comes to pieces
切れ切れに
Anita Virgil 作

・Crescent moon lying 5
三日月が
on its back, relaxing in 7
仰向けに、くつろいでいる
a sky without cloud 5
雲のない空で
James Kirkup 作

四行形式
・Wind-bells
雨の前の
Before the rain ——
風鈴——
And after the rain,
雨の後の
Wind-bells.
風鈴
Tito（Stephen Gill）作

・drop of ocean
大洋の一滴が
in my navel
ぼくのおへそで
reflects
映している
the amusement park
遊園地
Alan Pizzarelli 作

漢　俳
・和風化細雨
桜花吐艶迎朋友
冬去春来早
温家宝 作

【季語寸言】

祇園祭

七月一日から一ヶ月にわたり行われる京都八坂神社の祭礼である。勿論メインイベントは十七日に行われる山鉾巡行であるが、歩道から大路をゆく巡行を見るのでは、詳細に見えないし迫力に欠ける。

一番祭らしい雰囲気が感じられるのは、十五日夜、十六日の夜、つまり宵々山、宵山である。四条烏丸を中心にして百万人くらいの人が出るので、その混雑は筆舌につくし難いが、山鉾が間近に見られる。芸術品とも言える山鉾に、場合によれば乗ることもできる。又露地に入ると各家秘蔵の宝物、即ち屛風、着物、帯、刀剣など豪華絢爛たる品々が見られる。又少女達の蠟燭売りも平安の世に還ったようだ。

ゆくもまたかへるも祇園囃子の中　橋本多佳子

（「藤」平成二十一年七月号より）

貴船川床（きふねゆか）

川床（ゆか）の涼みといえば京都の鴨川の四条河原の涼みが有名である。河原に桟敷や床几（しょうぎ）を敷きつめて、日が暮れてから涼しい川風の中、宴席を行うというのが最も代表的である。しかし大正時代になり洛北の山中の貴船川に桟敷をかけて食事をするようにもなった。昼なお暗き山中の渓流に桟敷をかけるのだからせせらぎの音も、もてなしの一つと言えるであろう。

山の中だからといって、料理は田舎料理という訳ではない。京都の一流料亭並みの食事が出るのである。

京都の街とは標高差もあり、又渓流のしぶきがかかる程の場所なので四条河原の夕涼みとは十度くらいは涼しさが違うのではないだろうか。結構なひと時である。

昏（く）れぎはのぼんぼり灯る貴船川床（ゆか）

加治　勇

（「藤」平成十九年七月号より）

山桜

現在我々が多く目にする桜は染井吉野である。これは改良品種で、古くは桜といえば山桜のことであった。この山桜で現在一番有名なのは吉野山であろう。染井吉野は花が咲き散る頃に葉が出て来るのに対し、山桜は赤銅色の葉と花が同時に出てくる。見た目には一寸地味である。

吉野山には数回行ったことがあるが、下千本から中千本、上千本、奥千本と少しずつ時をずらして咲く様は、正に日本一の桜といって良いだろう。奥千本には西行が数年修行した庵が今も残っている。

願はくは花の下にて春死なん
　そのきさらぎの望月の頃　西行

（「藤」平成二十年三月号より）

石楠花

石楠花は牡丹、芍薬と並び初夏の名花の一つであろう。しかし牡丹、芍薬は豪華・絢爛この上なしと咲き誇るのに対し、石楠花は花が若干小ぶりなこともあるが、つつましやかな感じがする。小生はその点が好きでこの花を愛する。

一般的には公園とか家庭の庭で見ることが多いが、深山・渓谷・山林中にも咲く。古い話だが六甲山の西端の再度山（ふたたび）に登った時に、登山道の林の中に群生して咲いていたのが大変印象深く、未だに鮮明に記憶している。うっそうとした杉林の中に薄紅色に咲いていたのが全く意外で度胆を抜かれた感じで印象深かったのだと思う。別称、卯月花とも言う。

空の深ささびし石楠花さきそめぬ　角川源義

（「藤」平成二十三年六月号より）

立秋

秋たつや川瀬にまじる風の音　　飯田蛇笏

（「藤」平成二十五年九月号より）

八月七日か八日ごろ、暦の上では立秋という、秋に入ることになる。しかし体感としては一番暑い時で、秋が来たという感じはしない。

今年は西日本と日本海側は大雨、太平洋側は酷暑であった。横浜に住む小生に秋が感じられたのは八月二十四日であった。夜、散歩に出ると、コオロギの鳴き声が急にこの日からふえた。天気予報を聞いてもこの日から空気が北の空気に入れかわったといっていた。

古より秋の接近を感じるのは、風の音、雲の様子、水辺の光景、光の色等、さまざまに感じられ、詩歌に詠われてきた。今年は虫の声が最初に秋を知らせてくれた。

【旅枕】

葵祭

京都の三大祭と言えば春の葵祭、夏の祇園祭、秋の時代祭である。小生は、葵祭だけ観たことがなかったので今年の五月十五日に、見物に行った。

前日に京都へ行き宿泊し、早朝にホテルを出て京都御所へ行った。建礼門の前に出来る桟敷席で座って観ようと思い、少し早めにホテルを出たら、当日券の一番乗りであった。従って最前列の非常に見易い席であった。行列のコースは御所（御苑）、丸太町通り、河原町通り、下鴨神社、北大路通り、賀茂川堤、上鴨神社という順である。小生の作戦は十時三十分に京都御苑を出発するところを観て、見終わったら、十一時半頃に昼食をとり、賀茂川堤の間近でもう一度見ようというものである。

十時半丁度に行列が始まり、乗尻（のりじり）と称する先導する騎馬がやって来た。続いて行列を警備する検非違使庁の後人、淡紫色の藤の花で飾りたてられた牛車、舞人の列、最高位の勅使の乗った馬、造花で飾り立てた巨大な風流傘、高級女官の列、腰輿（ようよ）に乗ったヒロイン・斉王代、最後に最高位の女官が乗る女房車と続く。行列が通り過ぎるのに要する時間は約一時間。神官、役人等が冠に葵をさし、御所車・牛馬に至るまで葵で飾りたてるので葵祭と呼ばれるようになった。よく手入れされた赤松の中、しずしずと進んで来る平安王朝絵巻はまことに雅やかなものであった。午後の賀茂川堤で間近に観た行列も迫力があった。

白髪にかけてもそよぐ葵かな　一茶

（「藤」平成十八年九月号より）

みなとみらい

みなとみらいとは横浜駅、高島町、桜木町駅、馬車道あたりまでの海側の地区をさす。かつてこの地区は三菱重工横浜造船所、ＪＲ操車場、米軍の用地があり、全く殺風景な所であった。昭和三十八年、当時の飛鳥田市長が再開発を提案し、昭和五十四年、細郷市長の時に総合整備計画が完成し、スタートした。

計画が余りにも膨大で、計画の名称も一般公募で「みなとみらい21」と決まったが、全く雲をつかむような感じで、よく理解できなかった。

それから三十数年経って未だ完成には至っていないが、立派な街が出来た。余りにも膨大で紹介しきれないので、小生が利用する二、三の施設を説明してみたい。

一番よく利用するのは「横浜みなとみらいホール」と称する、収容人員二千人程のコンサートホールである。神奈川フィルハーモニー管弦楽団を聴きに行ったり、由紀さおりを聴きに行ったり、年に六、七回は出掛けている。

次はＭＭ１０９シネマというシネマコンプレックスで、多数の映画館を収容する総合映画館である。ここにも三ヶ月に一度は見に出掛ける。今度『レ・ミゼラブル』を観に行こうと思っている。

次は横浜美術館である。実に立派な美術館である。人も少なくて楽に見られる。しかし仲々これはという展覧会が来ない感がある。

その他にもランドマークタワー、クイーンズスクエアにも時々食事などに出掛ける。気分転換に大変よい。

（「藤」平成二十五年三月号より）

英連邦墓地

先日、マンションのウォーキングクラブで英連邦墓地をウォーキングして来た。英連邦墓地は保土ヶ谷と戸塚の中間にあり、箱根駅伝で有名な国道一号線の権太坂にある。

正式には英連邦戦死者墓地と言い、日本国政府の厚意により提供された広大な土地に、第二次世界大戦中に捕虜となり、日本国内の収容所で亡くなった英連邦の兵士、約千八百五十柱の墓地である。墓地の維持管理は英連邦戦死者墓地委員会が英国、カナダ、オーストラリア、ニユージーランド、南アフリカ共和国、インド、パキスタンの諸国に代わって行っている。墓地は英国人の墓地、オーストラリア人の墓地、インド人の墓地等、国毎に分けられている。いずれも平板の墓石と小さいバラの木等が整然と並べられていて、実に清々しい雰囲気をかもし出している。墓地は全面芝生で実に手入れがよい。

若芝や墓に兵の名祖国の名　山崎ひさを

行った時は丁度バラの季節で、墓石と交互に植えられたバラが実に美しかった。日本の墓もいわゆる供花ではなくこの様に根のある木を植えたら雰囲気が随分変わるだろうと思った。

十字架の墓地をめぐりて青き踏む
宮川杵名男

隣に児童公園とこども植物園があり、ここも散歩してきた。植物園の木は全て名前を記した札がかけられており大変に勉強になった。

（「藤」平成二十三年十一月号より）

城ヶ島

マンションのウォーキングクラブで三浦半島の城ヶ島を訪れた。ウォーキングクラブの役員をやっている関係で、下調べと本番と二度訪れた。本番は十一月六日の予定であったが、雨の為、九日に延期した。この為参加者は八名（男三名、女五名）と少なかった。巡った経路は相鉄線星川駅から出発し、横浜駅で京急に乗り換えて、三崎口駅、そこから白秋碑前（バス）―反時計回りに京急城ヶ島ホテル―海岸―南側稜線―海鵜展望台―城ヶ島公園―白秋碑前と回って、後は往路を逆に帰宅した。

印象に残ったことをいくつか記してみたい。

先ず訪れた、白秋記念館と歌碑。記念館は小さいが丁度「城ヶ島の雨」の真筆が展示してあり、感激して見て来た。素晴らしい達筆である。説明の女性は仲々のもので、色々勉強になった。その一つ。「雨はふるふる城ヶ島の磯に、利休鼠の雨がふる……」この利休鼠が色の名前だとは知らなかった。灰色と深い緑色を混ぜたような色だ。字面は良いが本当にこんな色の雨が降ったのだろうか。

昼食をとった京急城ヶ島ホテル前の海岸前の岩壁の奇景には驚いた。地層の褶曲（しゅうきょく）が地上に表れていて非常に複雑な形状となっている。この原因は色々調べてみたがよくわからない。島に断層が通っているそうで、地震で地層が飴細工のように曲がったものと思われる。海鵜は未だ季節が早く数十羽しか来ていなかった。

（「藤」平成二十年一月号より）

飛騨高山

二月上旬、大学の時の友達と雪の高山見物に出かけた。思ったより寒くもなく、又夜、雪が降って昼間は晴れるという、願ってもない天候に恵まれ、雪晴れに輝く本当に美しい高山を見ることができた。

雑感を一、二書いてみる。先ず行ったのが「飛騨の里」である。これは高山市内にあるのであるが、合掌造りも含め、失われてゆく飛騨の民家を保存しようということで出来た民俗村である。山の中腹に約三十軒の民家を移設し、一つの集落を形造り、各家の中で機織り、わら細工、一位一刀彫等の実演を見せてくれる。しかし我々が行った前夜が大雪で膝までもぐる程の雪で、客も数名しか居らず実演はやっていなかった。

入り口で長靴を借り、荒縄を巻きつけ滑り止めにしてエッチラオッチラ登って見て来た。案内図に従い、旧吉真(よしざね)家（国指定重要文化財）、旧西岡家等を見た。旧八月一日(ほずみ)家が高台にあり、見上げると青い空を背景にして美しい合掌造りが見えて感激ものであった。文学散歩道というのもあって井上靖や田中澄江の文学碑も見られるとのことであったが雪道が滑って恐ろしいので取り止めた。

次に行ったのが「飛騨高山美術館」で、アールヌーボー、続くアールデコ、そして現代までのガラス工芸品を集めた美術館である。

箱根にも色々なガラス美術館があるが、それにも負けない素晴らしいガラス細工を見ることができた。

鳥雲に飛騨の匠の鑿のあと　加藤翔也

（「藤」平成十八年四月号より）

ハワイ旅行

六月の初め、「合唱団フォレスタと行くハワイ祭り」というツアーに参加してハワイに初めて旅行して来た。

行ったのはオアフ島だけだが、丁度この時期ハワイ祭りが行われており、世界各地から集まった観光客でごった返していた。宿泊したのはワイキキの浜辺に面した高級ホテルで快適であった。

今回のツアーの最大の目玉はフォレスタのディナーショーである。三日目の夜、宿泊しているホテルのステージで行われ、ツアー客六十名だけの為のディナーショーであった。約一時間、毎週テレビ番組（BSチャンネル「こころの歌」月曜日夜放送）で聴いている、「ふるさと」「赤とんぼ」「瀬戸の花嫁」「川の流れのように」等を、生で聴くことができ素晴らしかった。演奏が終わった後はフォレスタのコーラスのメンバーと懇談したり、ビンゴゲームをしたり、滅多に経験できないことを経験した。

オプショナルツアーで行った中で最も感心したのは、ハワイの先住民族の村々を再現したポリネシア・カルチャー・センターというテーマパークである。到着したのが夕方であったので村の見学はできなかったが、最初にハワイに漂着した先住民の祖が如何にしてハワイ文化を打ち立てていったかというドラマを、主として火祭の形で約二時間見せてくれた。大変に感銘を受けた。

後は別の日に真珠湾にあるアリゾナ記念館を

見学した。日本の攻撃で沈没したアリゾナ号の上に建てた記念館は、我々日本人には特別の感懐なしには見ることのできないものであった。

（「藤」平成二十四年七月号より）

忍城の水攻めのことなど

小生の祖先は忍(おし)城の城主松平家の御典医であったらしい。忍城は埼玉県の行田市にあり、小生の先祖代々の墓は江戸時代中期から行田にある。従って行田には色々寄せる想いもあり、今回、「特別作品」のテーマに選んだ（本書一四六頁参照）。

有名なことの一つ目は忍城の水攻めのことである。石田三成が忍城を攻めたが、仲々落とせず、最後は水攻めにしたが落ちなかった。忍の浮き城と言われる所以である。

二つ目は城から少し離れた所に八個の古墳が散在している所があり、さきたま古墳公園として公開されている。

三つ目はその古墳から日本最古の鉄剣が発見された。雄略天皇十五年（西暦四七一年）のものというのが定説で、昭和五十三年に国宝に指定された。

四つ目は行田市の土木工事の際、蓮の種子が出て来て、測定結果一四〇〇年～三〇〇〇年前のものとわかり、これが見事に甦り、古代蓮と命名された。今はこれが数千本に増えて公園となっている。

（「うぐいす」令和二年十月号より）

【吟行記】

祇園祭

宵山や四条烏丸沸騰す　芳夫

祇園祭には三、四回行っている。これは昨年行った時の句だ。祇園祭は言うまでもなく京都の八坂神社の祭礼である。七月一日の吉符入りから三十一日の夏越祭まで行われるので見に行く日によって見られるものが異なる。

勿論、祭の中心は十七日の長刀鉾を先頭にした山鉾三十二基の巡行であるが、小生が一番好きなのは宵山、つまり十六日の夜、四条烏丸周辺のぶらぶら歩きだ。

とにかく、路という路には人が溢れ返り、交通規制が行われる。その上に、京都の夏の夜の暑さは大変なものだ。まあ難行苦行になる訳だが、それでもやはり一番好きだ。

路には組み立てられた鉾が並び、その上に乗った祭衆が打つコンチキチンという祇園囃子には本当に日本情緒が溢れ、来て良かったと感激するものだ。鉾の中には上に乗せてくれるものもあるが、それでなくとも近づいて見られるので、動く国宝と称される、じゅうたん、欄間、等の素晴らしい品々が間近に見られる。

こうして数台の鉾を見たら、幅のせまい路地に入る。そうすると各家々が秘蔵の屏風等の家宝を陳列して見せてくれているのである。刀とか着物などであるが、これが又素晴らしい品々で感激する。疲れたら露店で冷たいものでも飲んで一休みという次第である。

（「藤」平成二十一年八月号より）

神戸淡路

巫女の舞う伊弉諾(いざなぎ)の宮風薫る　芳夫

この句は昨年の藤の会吟行の時の句である。

淡路島の伊弉諾神宮は日本国誕生伝説の宮である。伊弉諾尊(いざなぎのみこと)・伊弉冉尊(いざなみのみこと)の夫婦が天の浮橋から矛で大海をかきまわし、その滴からできた於能碁呂(おのごろ)島で夫婦の交わりをし、大八州(おおやしま)国即ち日本国と万物およびその支配神を産んだとされる。

日本国の祖とされる天照大神、月読尊、素戔嗚尊(すさのおのみこと)等は伊弉諾尊の子である。

この由緒ある宮を訪ねたのは、丁度薫風が吹きわたる五月であった。訪ねる人もまばらで真に静かであった。折しも古式ゆかしき本宮で巫女が二人、結婚式に先立つ舞を舞っていた。

その荘厳な様にしばらく見惚れて立ちつくしたのであった。その気分を「風薫る」で表したつもりである。

傍らに樹齢何千年とかいう大楠があり、燦燦と照る淡路島の陽光にまぶしいばかりに光っていた。

他にも明石大橋、地震博物館、人形浄瑠璃館、鳴門大橋、神戸等、見るものの多い旅行であった。

（「藤」平成二十一年十月号より）

箱根仙石原

薄原天への道を登りけり　芳夫

　この句は箱根仙石原へ薄を見に行った時の吟行句である。皆さんよく御存知の通り、台ヶ岳のふもとに拡がる、仙石原高原の東半分と言ったら良いのだろうか、見事な薄原である。九月から十月にかけての銀色の穂薄のウェーブは、それは見事なものである。

　薄原の中に分け入ると百メートルくらいは幅が広い歩道になっているが、その先は人一人が通るのがやっとという狭い山道になる。

　奥へ入る道もあるが、小生は台ヶ岳の頂上方向を目指す道を登っていった。生々しい溶岩の上を、裂け目を避けて、あるいは裂け目を飛び越して登っていった。結構登山靴でないと難しいような道だった。しかも道は無数に枝分かれしているので、周辺の人が見えなくなると無事に元の場所に戻れるかどうか心配になる程だった。

　薄の丈は二メートルくらいあって、少し離れた所の人は薄に遮られて全く見えないのだ。それでもどんどん登っていった。人影も全くなく、人の声も全く聞こえない所を登っていった。

　足元も悪く、怖くなって来たのでそこから引き返した。しかし引き返すのもまた大変である。滑らないように注意をしながらそろりそろりと下りて来た。人の大勢いる薄原の入り口に着いた時はほっとした。

見渡すと乙女峠、金時山、明神ヶ岳、明星ヶ岳が秋空をバックに美しかった。

（「藤」平成十八年六月号より）

箱根

つつじ咲いて山のホテルは朱に染まる

芳夫

元箱根の「山のホテル」はつつじで有名である。自宅から近いこともあって二、三年に一回はつつじの満開の時季に行っている。五月上旬頃、パソコンでつつじの見頃を調べ、天気の良さそうな日に、日帰りで出掛ける。天気とつつじの見頃で行く日を決めるのだから、一人で行くしかない。日帰り旅行で行ってくる。

相鉄、小田急と乗り継ぎ、箱根湯本からバスに乗り、元箱根へ行く。シーズン中はバスを降りた所に「山のホテル」行きの専用バスが待っている。これに乗り換えて十分くらいでホテルの入り口に着く。するともう目の前が全面つつじである。丈は高からず低からず、人間の丈と同じくらいのものが、赤、ピンク、白と咲き乱れている。それ程広い面積ではないが十分に満足できる。山の斜面なのでアップダウンが一寸大変である。人が多いのには、へきえきするが仕方ない。又、石楠花も見事である。仲々両方の花時が合うというのは難しいが、まあまあ見られる。

昼食はホテルのレストランが良いのだが、二時間待ちということになる。今回見つけたのだが、ホテルから湖畔へ下りて行った所に小さな別館食堂がある。客は二十名くらいしか入れない。メニューはシチュー一種類だけで一寸残念だが、雰囲気は緑の風の中。モーターボートや海賊船を見ながらの食事は一寸贅沢なものである。

（「藤」平成二十三年七月号より）

伊丹俳句ラリー

小生が「うぐいす」に入れて頂いたのは平成五年であるから現在で丁度二十年になる。この期間で大阪に在住したのは、多分、平成五年から十年くらいまでの約五年間かと思う。

未だ、俳句の道ではよちよち歩きの時に、「うぐいす」という、格調の高い俳句会に入ったので、ついて行くのが大変であった。しかし章風先生、キヨノ先生が大変気を遣って、ご指導下さり、本当にこの間に俳句に開眼したといっても過言ではない。

平成七年頃のある時、伊丹で俳句ラリーというのが行われた。吟行の一種だがルートと関所が決められていて、五～六箇所ある関所で各一句提出しないと先に進めないようになっている。参加者は「うぐいす」から二十名くらい、「伊丹俳句会」からは多分四十名くらいの参加であったと思う。関所と関所の間で全神経を使って一句仕上げなければならない。そして最後に、審査員の審査で入賞句、入選句が決められるわけである。

必死の思いで作った結果、小生の句が入選した。自分でも信じられない思いであったが、忘れられない句会となった。

（「うぐいす」平成二十五年六月号より）

川越吟行

十月二十五日、総勢十名で、徳川家ゆかりの、俗に小江戸と称される川越に吟行に行った。

天候は暑からず寒からず、曇りで最高の吟行日和であった。

川越集合。川越にはＪＲ・東武・西武と合計四つの駅があって集合場所として相応しくなかったが全員定刻に集まった。見る所は多く、しかもそれぞれ場所が一、二キロメートル離れているので乗り放題の小江戸巡回バスで巡ることにした。

先ず訪れたのは喜多院。寛永十五年（一六三八）の火災後に、江戸城内の家光誕生の間や春日局の化粧の間が喜多院の書院、客殿として移築されたので、今も訪れる観光客が多い。

春日局の化粧の間が四室もあり立派なこと、家光誕生の間は浴室、厠（かわや）まで見学できて興味深かった。

ほのぬくき寺の濡縁初紅葉　味代

次に訪れたのは喜多院境内の五百羅漢である。天明二年（一七八二）から約五十年かけて作られたという羅漢は五百三十八体あって、それぞれ人間味あふれる表情に、いくら見ていても見飽きぬ思いであった。しかし廃仏毀釈の為だと思われるが、鼻が削られたり傷んだりしている仏が多かったのは残念であった。

菊日和五百羅漢は笑いをり　幸之助
百舌鳥の声羅漢背負いし荷物かな　芳夫

ここで十二時をまわったので食堂に入り昼食をとった。大方の人は鰻重をとったが小江戸と言うだけあって田舎料理とは思えぬ旨さであった。

次は川越歴史博物館へ行った。川越市観光協会推奨の場所だけあって興味深いものが見られた。刺股（さすまた）等珍しかった。次は川越城の本丸御殿、川越市立博物館等を見たかったが省略した。

最後に訪れたのは蔵造りの街並み。多数の観光客で賑わっていた。運良く丁度三時の時の鐘を聞くことができた。鐘の音が古い城下町の中に響き渡る様は風情があった。

秋澄むや小江戸の街の鐘の音　三郎
晩秋の街に夕べの鐘ひびく　郁子
鐘の音に犇めく屋根や秋の暮　雅子
町並みに暮秋にひびく江戸の鐘　佐和子
秋高し町に広がる時の鐘　英一
鬼瓦光る蔵町秋惜しむ　しんじ
いも菓子の店舗込み合う秋真昼　順恵

（「藤」平成十九年十一月号より）

あとがき

この度、小生が俳句・俳文集の第二集を出版することになった。
技術者志望の小生が、定年間際に営業所勤務を命ぜられ、そこから人生が大きく展開し、このようなことになったのは本当に奇跡であったと、言わざるを得ない。
俳句結社「藤」「同人」「うぐいす」に籍をおかせて頂いたが、どこでも格別の扱いで、俳句の道にお導き頂いた。本当に感謝しても、しきれない気持ちである。
又、文芸社の方々にも、お礼を申し上げないといけない。
偶然、小生の作品が貴社の目に留まり、第一集を出版することになり、書店に弊著が並ぶことになった。これも偶然かもしれないが、奇跡であったとも言えるのではないか。
関係された皆様方に厚く御礼申し上げたい。

著者プロフィール

岸田 芳夫（きしだ よしお）

昭和10年、奈良県下市に生まれる
昭和30年、東京工業大学電気工学科入学
昭和34年、東京工業大学電気工学科卒業
昭和34年、富士電機製造㈱入社
昭和58年、富士電機製造㈱関西支社へ転勤、営業部門担当
昭和58年、社内で俳句の手ほどきを受ける
昭和63年、富士電機製造㈱東京本社へ転勤
昭和63年、俳句結社「藤」に入会
平成５年、関連会社音羽電機工業㈱へ出向（大阪）
平成５年、俳句結社「うぐいす」「同人」にも入会
平成10年、「藤」代表となる
平成11年、定年退職
平成24年、俳句俳文集『青すすき』出版
平成25年、「うぐいす」琳琅作家となる
平成25年、「藤」閉会

現在は「うぐいす」琳琅作家
趣味は、音楽鑑賞、ウォーキング、読書
神奈川県横浜市在住

俳句・俳文集 初燕

2023年２月15日　初版第１刷発行

著　者　岸田 芳夫
発行者　瓜谷 綱延
発行所　株式会社文芸社
〒160-0022　東京都新宿区新宿１－10－１
電話　03-5369-3060（代表）
03-5369-2299（販売）

印刷所　図書印刷株式会社

ISBN978-4-286-28060-8